잔상

호수문학회

초판 발행 2016년 11월 15일
지은이 호수문학회

펴낸이 안창현 펴낸곳 코드미디어
북 디자인 Micky Ahn
교정 교열 백이랑
등록 2001년 3월 7일
등록번호 제 25100-2001-5호
주소 서울시 은평구 갈현로 318-1 1층
전화 02-6326-1402 팩스 02-388-1302
전자우편 codmedia@codmedia.com

ISBN 979-11-86104-46-0 03810

정가 10,000원

잔상

호수문학회

2016년 초가을,

멈추지 않는 전쟁공포 핵무기 위협으로 불안에 떨고 있던 지구촌 사람들에게 115년 만의 '깜짝 수상' 희망의 메시지가 전달 되었습니다. 인권, 反戰, 철학을 담아 시적 노래로 표현, 세상 사람들의 마음을 움직이던 미국의 음유 시인 밥 딜런에게 노벨 문학상이 수여된 것입니다. 문학과 대중 예술이 결합, 어떻게 인류의 정서에 지대한 영향을 미치는지 증명해 낸 엄청난 사건이었습니다. 음악 그 자체와 시적 노래로 세상을 뒤바꾼 밥 딜런 만큼은 아니어도 좋습니다. 11명의 시인들이 혼신 다해 한땀 한땀 써 내려간 작품들. 한 사람의 마음이라도 움직일 수 있다면, 작은 위로를 줄 수 있다면 행복하겠습니다. 심장 어루만져 영혼 다독여 잉태하여 세상에 나온 작품들, 너무나 소중합니다.

호수 시인님들, 정말 수고 많으셨습니다.

2016년 늦가을 호수문학회 회장 백서양

미래 호수문학이 가야 할 길

지연희 (시인, 수필가)

현대 한국시의 역사는 100년을 기점으로 기반을 세우고 시문학인구 7천 명을 넘기고 있는 한국문인협회 입회회원의 활동을 확인하고 있는 오늘이다. 1980년대만 해도 천 명이 넘는 시인들이 활동하고 문인협회 전 장르회원이 2천 명이 조금 넘던 시기를 생각하면 상당한 시문학인구의 저변확대를 체감하게 된다. 2001년 「호수문학동인회」가 결성되었고 동인회장에 송미정 시인을 추대하며 활동하기 시작한 호수문학회는 매해 동인지를 출간하고 시화전 및 낭송회를 개최하며 창립 16주년을 맞이하고 있는 일산지역 유일한 문학단체의 면모를 확고히 하고 있다.

2002년 계간 『문학시대』를 통하여 신인상을 받아 시인의 이름을 얻은 송미정 시인을 비롯하여 한윤희 시인이 시대문학 신인상 수상자라면 이후 『문파문학』 신인상 출신 박서양 시인, 박소영 시인을 필두로 양숙영 시인, 홍승애 시인 등 문파문학 출신들의 한국문인협회 회원으로의 활동은 호수문학의 발전양상을 보여주는 계기가 되었다. 정식등단 시문학동인회의 16년의 역사는 한국동인문단의 족적을 남기는 일이며 시문학 부흥을 위해 투신한 결과의 흔적이다.

기하급수적으로 늘어난 시문학인구 확충과정은 질적 향상을 요구해야 하는 고뇌의 시간도 없지 않았다. 하지만 2016년 현재 지역시문학의 질적 향상은 어느 장르에 뒤지지 않는 꽃피움으로 시문학의 중흥기를 맞이하고 있다 생각된다. 구태의연한 자괴의 늪에서 벗어나 시문학의 구성방법과 표현방법 등 다양한 시도의 목소리가 지난 질책의 시간 속에서 꿈틀거리고 있었던 것이다. 단체별 세미나를 통한 의연한 자성의 발걸음이 이룩한 변화인 것이다. 질박한 삶의 현장에서 체득한 이야기는 심도 깊은 사유의 그늘에서 새로운 생명력으로 재생되어 독자의 가슴과 진정으로 화답할 수 있을 만큼 변화되었다.

　컴퓨터 인터넷 스마트폰 시대의 현대시문학은 멀티미디어 콘텐츠 모바일 작업으로 영상, 낭송과 함께 시각적 청각적으로 독자를 만나고 있다. 그만큼 짧은 언어의 시가 현대인들의 관심의 대상이 되어 모바일 시대에 적용되고 있는 게 사실이다. 시문학의 전반적인 변화를 요구한다는 것은 모순이 있지만 시대의 변화에 발맞추어 요즈음 낭송 시 그룹이 적지 않다. 소설장르에서도 장편掌篇소설이라 하여 15매~20매의 짧은 소설이 독자에게 인기가 있다고 한다. 문학 장

서문

르의 이 같은 변화는 지엽적인 지류일 뿐이지 중심 흐름은 무너뜨리지 못하지만 시대의 변화에 따른 미래시가 짊어져야 할 관심의 대상임에는 분명하다.

이제 대한민국 시문학은 독서인구의 확충을 위해 노력해야 한다. 읽히지 않는 시, 독자로부터 외면당하는 시문학을 일으켜 세워 함께 공감하고 함께 느낄 수 있는 장을 만들어야 한다. '문학은 죽었다'라는 외면의 시선을 내면의 깊이로 끌어들여야 한다. 시문학은 이웃과 세상 삶의 터전으로 나와 보다 진솔한 이야기로 극대화되어 우주적 삶의 진실과 만나고 있다. 숨겨진 하잘것없는 나의 정서가 쓰는 이의 삶의 철학과 우주적 통찰이 깃든 사유의 세계로 하나의 가치를 세워낸다는 것이다. 작은 미물 하나가, 어떤 작은 사물이라도 내 삶의 존재들과 만날 수 있는 세계로 시는 부단한 걸음을 걸어왔다고 본다. 간혹 '좋은 시'를 만날 때면 그 사람과 함께하는 문학인이라는 사실에 행복해지곤 한다.

모든 문학 장르를 통틀어서 주제가 선명한 글은 가장 훌륭한 글이라고 한다. 무엇을 쓸 것인지에 대한 인식이 선행되어야 어떻게 보여줄 것인지를 설계하게 된다. 문장과 문장의 결합, 연과 연의 결합은 글의 질서, 의미의 질서를 따르기 위한 감성 문학의 방편이다. 몇 개의 문장 속에 몇 개의 행과 연 속에 담겨질 이야기는 통일된 주제를 향한 다각적인 소재들의 집합체이다. 행으로서의 의도 결합된 문장 속에, 결합된 연 속에서 의미는 자유로운 정담을 거미줄 풀 듯 풀어내야 할 것이다. 체험을 기초로 한 사색 사유의 세계를 마음껏 펼쳐내야 한다.

글은 최상의 완성으로 가는 길일뿐이지 누구도 빈틈없는 완성의 경지에 닿은 사람은 없다고 생각한다. 죽음에 이르기까지 최상의 노력이 이룩한 결과에 따를 뿐 평생의 수업으로도 이룰 수 없는 것이 문학수업이라는 것이다. 때문에 문학인이 자신에게 보내는 자만이야말로 성장을 해하는 독이라고 한다. 끝없이 펼쳐진 광활한 사막의 모래밭이 문학인이 걸어야 할 길인지 모른다. 한 걸음 한 걸음 다가서며 맞이해야 하는 모래폭풍과 찌는 듯한 열사의 목마름을 안고 걷는 길이다. 안일한 평안으로 기다릴 수 없는, 불어오는 바람의 세기를 받아내며 내일이라는 미지의 세계를 향한 예지의 눈을 시시각각 밝혀야 하는 대상이 문학인이다.

Contents

양숙영

홍승애

Contents

Contents

제인 허

서지의 환락가를 거닐며
절벽 끝에 서 있는 나를
꿈꾼다

한윤희

염색 | 쏟아지는 말 | 콩나물 뿌리 | 노란 집
바다 위의 피아노 | 젖은 의자 | 네 발바닥으로 쓴 시
벽이 붉어지는 시간 | 벽 | 신의 선물

P R O F I L E

서울 출생. 2005년 『문학시대』 신인상 수상 등단
한국문인협회 서정문학 연구위원,
호수문학회 회장 역임, 문파문학회 운영이사
저서: 시집 『물크러질 듯 물컹한』, 공저 『문파대표시선집』
『내안, 내안에서』 『숨비소리』 『메모리』 외 다수

염색

머리카락에 파란 물 들이다가
영혼으로 색이 옮겨붙는다
창을 태우고 벽이 허물어진다
옷장에 소심하게 접어놓은
스무 살 파란 원피스
마법에 걸린 듯
보석과 깃털이 달린 가면을 골라 쓰고
베네치아 비밀스러운 골목골목
꽃무늬 같은 작은 가게 문턱 들락거리며
알 수 없는 빛깔의 날개를 단다
창공을 뚫을 듯
격렬한 붓질, 튕겨 나가는 푸른 잎사귀

늘어진 하늘을 가려버린
모호해진 그림
활활 허공을 태우다가
지상으로 떨어져 내린다

쏟아지는 말

그날, 당신이 입었던 원피스 소맷자락에서
툭툭
널어놓은 빨래에서 떨어지는 물방울처럼
거실 바닥으로 세면대 위로

마주 보고 있던 우리들의 얼굴을 덮고
위로 아래로 춤추듯 떠돌던 말들
커피잔으로 내려와 부딪히고 찢어진 말들
여기, 우리 집까지

말이란 몸그릇 안에 담겨있어야 말인데
고장 난 문처럼 닫혀지지 않던 당신의 입술
그렇게 토하듯 쏟아져 나온 말들

이제야 생각나요
당신 어깨에 무겁게 걸쳐있던 소라빛 롱드레스에
얼룩무늬가 있었다는걸

지금, 당신의 속은 괜찮은지요

콩나물 뿌리

자르고 자르고 자르다가
알았다 뿌리를 자른다고
뚝
잘려지는건 아니라는 것
콩나물 여린 살
그 안에는 머리까지 이어진
심장까지 이어진
실핏줄같이 가느다란 질긴 끈
싹트기 전부터 몸속에 뿌려진
함부로 건드릴 수 없는
고집스러운 선

그토록 깊은 것을
하루 만에
잘라내려 했을까

누구나 갖고 있는
누군가 꺾고 싶어지는

노란 집

올리브 나무 숲 속 노란 집
눈만 뜨면 창 밀고 들어와
말도 꺼내지 못하고 반벙어리처럼 앉아 있다
날마다 커지고 커져 바닥에서 천장까지
내 안이 터져 나가려 한다
노란 벽에서 나온 아버지 꽃밭에 물 주시면
물에 젖은 영혼, 병아리 같은 노란 음악
질질 흘린다

물 주는 척 씨 뿌리듯
글자를 뿌려 놓았을 거야
글자는 싹을 틔우고 벽을 타고 오르다가
마당에서 뛰놀던 빨간 머리띠 소녀
덩쿨손처럼 감아 오르다가
들락날락 제집 들락거리듯
그랬을 거야
그 벽에 박힌 글자들
밖으로 빠져나오지 못하고

노란 벽 안, 아직도 꺼내지 못한 시

바다 위의 피아노*

크림색 바다에 맨몸을 담근다
뜨거운 물방울
악보도 없이 피아노 건반을 두드린다
톡톡 살갗을 두드린다
살갗을 뚫고 깊숙이 들어 오는 음
음율로 가득 차오르는 몸
바닷물이 출렁인다

공벌레처럼 웅크려있는 것들
서서히 살을 빠져나간다

텅 비는 몸

---

* 바다 위의 피아노: 앙드레 가뇽의 피아노 곡명 인용

젖은 의자

비는 내리지 않는데
비는 내리지 않는데

베네토 거리 축축하게 젖고 있다
머리칼이 쭈뼛 서도록
누군가 생을 휘저어 놓을 땐
고장 난 카세트처럼 반복되는 울음소리 들려올 땐
식은 죽 다시 끓이는 소리 들려올 땐
높이 쌓아 놓은 그릇 내려놓고
카페에서 흘러나오는 굵은 허스키보이스를 듣는다
생에서 빠져나온 젖은 의자들
구석구석 노란 조명
우산처럼 받쳐 들고
쏟아지는 비애로 집짓기를 한다

짓다가 허물고
짓다가 허물고

네 발바닥으로 쓴 시

목 감은 줄 팽팽해지도록 공원 길 걷는다
나무 밑둥, 얼룩진 오물 자국 앞
사뭇 진지해지는
코 깊이 들이밀며
몸 낮아지고 낮아진다
안에서 나오는 짙은 숨

그는 이미 알고 있었다
시는 어둡고 축축한 곳에 몰려있다는 것을

다시 풀밭으로 뛰어들어
온몸의 촉수를 열고 부비다가
솜사탕 같은 민들레 홀씨 한입에 털어 넣었다
언어가 몸속으로 들어간 것처럼
부르르 떨리는 몸

언젠가
이 산 저 산에 피어날

벽이 붉어지는 시간

저만치 서서
언덕 위에 찬란하게 부비던 얼굴
초록 잔뜩 묻힌 채 고개 너머로 넘어가자
벽들이 붉어졌다
갈피를 못 잡고 흐느적거리던 풀
사람 따라 흔들거리던 사람
풀어진 단추 채우고
두 손 모은다
회개하듯 몸 구부린 집들
열어놓은 창문 일제히 닫고
불현듯,
저녁 길 걷던 카잔차키스*
붉게 충혈된 두 눈으로
성호를 긋는다
저녁밥 지으러 집으로 돌아가던 여인
성호를 긋는다

----

* 카잔차키스: 그리스의 시인, 소설가

벽

틈이 보이지 않는다
베이지와 브라운이 섞인
반듯한 정사각 상자
목공소에서 맞춰온 가구처럼
향기 없는 야무진 입처럼

상자와 상자 사이로
태양이 돌고 또 돌던 어느 날
느슨해진 그녀의 틈새로
희미하게 어른거렸다
색색의 꽃을 단 둥그런 테라스
새어 나오는 향기
훅
얼굴을 덮었다

태양이 돌고 돌아야
허물어지는

신의 선물

4월, 느닷없이 눈이 내린다
길 걷던 사람들
어리둥절 두 손 높이 펴들고

뽀드득뽀드득

눈송이들 벚나무 가지
위에 다다닥 모여 앉아

비비배배 비비배배

바람이 슬쩍 건드리기만 해도
사춘기 소녀처럼

하르르 하르르르

땅 위로 내려앉고 있는
4월, 눈송이는 바람 따라 몰려다닐 뿐
녹지 않는다

신산스런 세상이 다 환하다

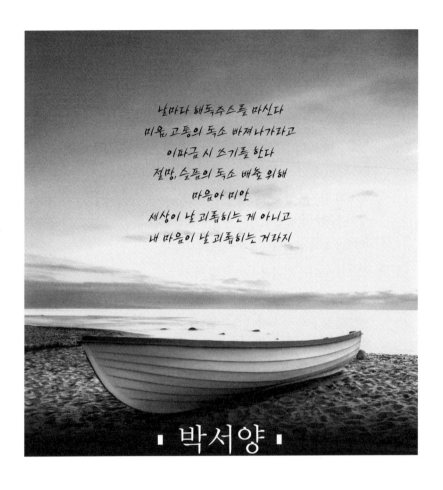

날마다 해독주스를 마신다
비움, 고통의 독소 빠져나가라고
이따금 시 쓰기를 한다
절망, 슬픔의 독소 배출 위해
마음아 미안
세상이 날 괴롭히는 게 아니고
내 마음이 날 괴롭히는 거라지

박서양

웃음소리 | 강남역 10번 출구 | 유쾌한 심판
흐름 | 눈물 | 야외 촬영 | 탈상
어버이날 | 회갑잔치 | 녹두전 부칠 땐

PROFILE

서울 출생, 카톨릭대학교 국어국문학과 졸업.
『문파문학』 시 부문 신인상 당선 등단.
한국문인협회 위원, 문파문학회 부회장, 호수문학회 회장.
저서: 시집 『리허설』

웃음소리

마을공터 모랫바닥에 몸 누이며 뉘엿뉘엿 지는 햇살
일상 지루했던 듯 꾸벅거리는 놀이기구의 그로테스크
썰렁한 벤치에 삐뚜룸히 걸터앉아
깡소주 벌컥벌컥 들이키던 사십대 실업자 사내
먹잇감 찾아 굴려대는 눈동자 으시시하다
한눈에 들어온 건너편 환한 불빛 한 가구
창문 너머로 튕겨져 나온 깔깔대는 여인의 웃음
맹수의 두 눈에서 시퍼런 불꽃 튀더니
벌떡 몸 일으켜 소리의 근원 찾아 나섰다
狂氣로 무장, 흉기 거머쥔 손목에 불끈 힘주고
열려 있는 현관문 밀쳐내고 식탁으로 돌진
일가족 몰살, 웃음꽃 저녁 만찬 피바다로 물들기까지
걸린 시간 고작 10분
"어찌하여 이 범죄자는 살인을 자행하고 말았지?
강탈이나 할 생각이었는데. 그의 영혼이 갈구한 것은
강탈이 아니라 피였다. 그는 비수의 행복에 목말라 있었던 것이다"[1]
일반 속에 숨어있다 가면 벗고 본색 드러내는 1%
신의 영역 이탈한 그가 수갑 찬 채 입을 열었다
'내 안에 악마가 살고 있다. 그 악마가 시킨 짓이다'

'그대들에게 청하노니, 분노하지 말기를,

피조물은 모든 피조물의 도움이 필요하다네'[2]

---

1) 『차라투스트라는 이렇게 말했다』
2) 『검은 토요일에 부르는 노래』

강남역 10번 출구

1. 강남사거리
고디바 The body shop 이벤트 미 의원
숯불고기 주는 집 육쌈냉면 다이소 매장 입구
밀크 뮤직타운
오월 폭염 부적절한 무더위가 뿜어내는 생경한 햇살
무심하게 널려있는 간판 위로 쏟아져 내린다
휑하게 뚫려버린 사회안전망
위험수위 훌쩍 넘어선 분노조절장애
각양각색 메모지 글귀로 미세먼지 바람 타고
절규하는 곳 강남역 10번 출구
희생 모면한 여성들 피켓 올린다
"여성 혐오 멈춰라"
추모의 자리 난데없는 여혐남혐 다툼에
흰 국화다발 천천히 몸을 돌려
낮고 낮은 바닥으로 흩어져 버리고

2. 해우소
늦은 귀가 애 터지게 기다리는
불면의 시간 새벽 1시

그 시간 딸아이 묻지마 범행 희생양 되어
피바다 찬 바닥에서
처참히 숨을 거두었다면
'피해망상' '관계망상' 절대적 믿음으로
피를 부른 자가 최악의 비극 연출해 낸
근심 푸는 곳 해우소

유쾌한 심판

I. 현장검증

'창백한 범죄자 그의 눈에는 크나큰 경멸이 서려 있고'* 모자
깊게 눌러쓰고 마스크로 얼굴 가리고 고개 숙여 죄송하다 연발
하다 슬쩍 고개 돌려 비웃음 흘리는 여느 범죄자들과 확연히
달랐다. "적"이라 "병자"라 부를지언정 "악한"이라 "죄인"이라 부
르지 말라고 니체가 옹호하고 나섰다. 죄를 가벼이 하려 우발
적 범죄를 강조하는 뉘우침 죄책감 찾아볼 수 없는 싸이코패스
DNA를, 시신을 훼손해 놓고도 당시 상황을 정당화, 재연하며
평정심을 잃지 않는 달변가 DNA를, 죽이더라도 단칼에 죽여
앙갚음이 아닌 연민으로 다스려야 한다니 삼사백년 징역 때려
줘야 한다. 행여 모범수로 감형되어 햇빛 볼 날 없도록

II. 정상참작

조물주에게 부여받은 우울질 DNA 더미에 파묻혀 살다 자신
의 광기를 다스리지 못해 파멸로 몰고 간 가련한 영혼 검은 스
카프 검은 옷으로 전신을 감싸고 평생 검은 우울에 시달리다
자신을 살해하고만 '창백한 범죄자' 전혜린, 바싹 마른 입술 거
품 삭은 흑맥주로 그렁그렁 끓는 恨을 삼키고 있다.

---

* 『차라투스트라는 이렇게 말했다』 p59에서 인용

흐름

한순간도 내려놓지 못하고
어느 구석에도 머물지 않는
빛의 속도로 지나가는 바람 같은 인생

수억 광년 날아온 별빛 무수히 쏟아져 내리는
지상의 늦은 저녁

마지막 호흡 목젖까지 차올라 날숨 들숨 멈추려는 순간
주마등처럼 스치며 全 生涯 필름 돌아갈 때
한순간 포착 뇌리를 강타할
실하고 든든한 추억 하나 건져내려
삶의 연장
휘두르고
조이고
닦는
일상 속
내가 있다

눈물

악마에게 영혼을 팔아넘긴 사람들
狂的으로 뿜어내는 만용은 있으나 눈물이 없다

시리아군 민간인 무차별 공격의 그 날
수십 채 건물 무너져 떼죽음 시신들 흙더미에 깔리고
살인 무기 빗발치는 전쟁터에서
목숨 내걸고 뛰고 달리던 하얀 헬멧* 쓴 젊은 아빠
건물 지하 시신 더미에 묻혀있던 한 살도 채 안 된 아기를 꺼내왔다
온몸에 횟가루 뒤집어쓴 채 얼굴엔 붉은 상처
데룩거리는 아기 눈망울과 마주친 순간
딸 아이 눈동자 떠올라
폭포처럼 쏟아져 내리는 눈물 주체 못 하던
하얀 헬멧의 절규

'신이시여 신이시여'

---

* 민간인 인명 구조단

야외 촬영

자~ 여기를 보세요
두어 번쯤 외쳤을 거다
어색한 모습과 긴장한 시선이 반짝 빛을 발할 때
영원으로 흘러가던 순간이 필름에 잡혔다
똑바로 응시하기엔 너무도 강렬했던 햇살
뭉게구름 무심히 떠다니는 새파란 하늘이 배경이었을 거다
한순간 던져버리고 떠나보라 아쉬워 고개 저었을,
짜임새 완벽한 일상, 몰락 소멸의 징후는 찾아볼 수 없는

삶을 향한 애착 양손에 바싹 거머쥐고
불끈 힘 들어간 아랫배 근육
곧추세운 허리 아래선
양다리 가지런히 당겨 모으고
아~ 좋아요 찍습니다
10년 전 어느 하루 생애 최고로 젊은 날
자식들이 평생 가슴에 품고 다닐
그 순간이 찍혔다.

탈상

3주기 추도식 날 전도사 동생 집 안방 탁자 위 엄마의 영정사진 딱 마주쳤다. 세상 떠나신 지 10년 전 평안하고 선한 눈빛 그윽한 시선 나를 바라보고 있다. 순간 가슴 품고 있었던 유골단지 덜커덕 떨어져 내리는 소리. 앨범 속 엎어놓고 가려 놓았던 엄마 모습 눈 속에 다시 담을 수 있게 고만 꺼내 드려야지 폐 속에 엉겨 붙어 고통스런 기침발작 유발하던 가래 한 덩이 카악카악 뱉어내 버리고 대장 속 빙글빙글 돌며 시도 때도 없이 격렬한 통증 동반 세균설사 쏟아내게 한 독가스 바닥부터 박박 긁어 깡그리 배출해 버려야지 약물로 다스린 불면의 밤 새벽녘 어김없이 찾아와 절망허망 공모하자 달려들던 잡생각들 야멸차게 떨쳐내 버려야지 할렐루야 아멘

어버이날

먼저 떠나신 엄마 무덤가
쑥 뜯고
민들레 뽑아내고
쑥스럽게 절절하게 보고픈 맘
다독다독 다지시던
아버지

비석 앞에 붉은 카네이션 한 다발
가슴엔 하얀 카네이션 달고서
함께 누워계신 무덤가를
쑥 뜯고
민들레 뽑아내고
애통해도 함께 계셔 평안한 맘
토닥토닥 두드리며
어루만져 본다

회갑잔치

  유채꽃이 피었습니다. 아득한 어지럼증에 하늘이 노
오래지다 환희와 비애 어우러진 너른 꽃마당, 터럭 하나
건지지 못한 까까머리 그녀가 꽃모자 눌러쓰고 환하게
웃습니다. 소크라테스가 30년 플라톤이 40년 아리스토
가 40년 그녀의 머리 손질 사업 30년, 존재의 바퀴 속을
둥글게 몸을 말아 정신없이 구르다 어느 날 갑자기 튕
겨 나와 마주친 생소한 세상, 삶의 비밀 캐내고자 왜소
한 이방인 침입에 생소한 세상, 삶의 비밀 캐내자는 왜
소한 이방인 침입에 일단멈춤 표지판 세우고, 신은 있다
없다를 수없이 저울질하다 '존재'에 패를 건 그녀는 유
방암 투병 중, 돌아갈 길이 더 이상 존재하지 않는 마지
막 은신처에 두런두런 유채꽃이 피어납니다.

녹두전 부칠 땐

몸 불려 유연해 지려 밤샘 마다 않은 기특한 곡물
쓰윽쓰윽 쓰다듬어 가루를 내고
삼 년 만에 목욕시킨 묵은지 한 포기 숭덩숭덩 썰어
비계 섞인 돼지고기 청정수와 버무리고
끈끈하게 얽히라고 날계란 두어 개 합류시켜요
적당히 묽어진 반죽 후끈 달군 팬 위에
식용유 듬뿍 둘러 다독거리다
무방비 상태 안주하려 할 때
가차 없이 홀러덩 뒤집어 버려야
상처 없이 온전한 모양새 지켜낼 수 있답니다

자지러지게 웃던 웃음도
마음 저미게 아프던 기억도
모두 그리움으로

■ 양숙영 ■

한뼘 바람 | 잔상 | 가을앓이 | 억새꽃
황태 덕장 | 달 항아리 | 아버지의 불빛
무변 | 는개 | 아름다운 걸음걸음으로

P R O F I L E

『문파문학』시 부문 등단
한국문인협회 위원. 국제pen한국본부 회원, 문파문인협회 운영이사,
고양문인협회 이사, 호수문학회 회원
저서: 공저 『문파대표시선』『고양문인시선』외 동인지 다수

한 뼘 바람

새잎 만나기 전
봄꽃 먼저 오는 날
달랑달랑 맴도는 산수유 빨간 열매
바람 따라나서기 망설이다
멍들어 말라 떨어질 때까지
내려놓지 못하는 인연
바라만 보고 있어도 좋은 적 있어
사랑한단 말 하염직도 한데
끝내 외면해 버리고
그냥 지나치려니 한 번 더
기다려지는 맘
그리움 묻어있는 외로움 파고들어
그대 그림자 밟고 가는
먹먹한 여운
한 뼘 바람

잔상殘像

잔잔히 흘러가는 강물
아는지 모르는 척하는지
쩍쩍 갈라지고 솟구쳐
아픔 내보이던 유빙流氷 위로
골진 바람 매섭게 지나고
강바닥 돌 틈 부딪고 부서지는
고달픈 질곡의 날들
낙조落照가 누워있는 말 없는 물 위엔
강물에 띄워 보낸
어머니 잔영殘影만 은빛인데
서럽게 서럽게 생각나는 어머니 품
등 뒤로 스며드는 강바람
무심히 봄을 담아 나르고 있다

가을앓이

바람도 낙엽 지고 있다
땅바닥을 걸어가는 바람 소리
스산한 걸음걸이 속
그대의 가슴앓이가 시작되는지
꼭 잡아주는 손 뿌리치며
헐렁한 주머니 속 더 아리게 하고
가슴 속 흐르는 강물 건너려
작심한 지 오래라는 걸 진즉 알고는 있었지만
말릴 수 없는 마음 내보이지 못했다
웃고 싶을 때 웃고
울고 싶을 때 울 수 있는 웅어리
후벼 파는 상처에 피가 흐르고 딱지가 앉아도
다시 딱지를 떼어내는 아픔을
도저히 감내할 수 없다고
나뭇잎 하나둘 바람 손잡고 걷기 시작하면
눈 시리게 파란 하늘 풍덩 하고픈
가을앓이가
물안개 피듯 저-어 만치서
먼저 오고 있다고

억새꽃

산 능선 넘는 길
하얗게 핀 억새꽃
옷깃 여미던 삭정이만 남아
뿌리 끝부터 멍울져 올라오는
해묵은 불덩이를 어찌 주체할 길 없어
가슴 한복판 미어지게 아픈데
한 번쯤 딱 한 번만 만개한 모란만큼
화려한 우화羽化를 꿈꾼다
이대로는 아니라고 설래 설래 도리질하며
샛길로 들어선 억새꽃
산 넘는 석양 붉은 노을에
바람 따라 무지갯빛
날개 달기 시작한다

황태 덕장

간밤 스치고 간 인연 붙잡으려고
바다는 울고
쌓이고 쌓인 울분 삭이려 바람은
밤새도록 소리소리 치는데
줄줄이 엮이어 매달린 명태

살아온 아름다운 날도
이미 바다로 홀홀 떠나가고
가슴 저리게 그리운 사람 잊어라 하듯이
뼈마디마디 얼었다 녹았다 열두 번을 더 넘기고서야
살 속 깊이 헤집고 들어오는 황태

하얗게 분해된 백지를 찢고
목울대를 넘어오는 한을 꾹꾹 참으며
온몸 고스란히 내어줄
만년설 녹아내리는 풍장을
말없이 감내하고 있다.

달 항아리

숨소리조차 잦아들 듯

삼백예순날 면벽의 그림자

먹물 튀어 번진 마음 하얗게 지우고파

세월 묶어 허리춤에 걸고

돌아 돌아 동안거 해제하는 날

명경처럼 씻은 마음 득도하신 고승으로

티 없이 빚어진 인연

그 모습 따라 길 묻는다

아버지의 불빛

양숙영

날이 훤히 밝아 오자 문밖을 나서는
아버지, 자칭 머슴 중 상머슴이라 하셨다
아들딸 여럿 바람막이 치다꺼리에
머리 위를 따라오는 나비도 몰랐고
등짝에 붙어 앙앙 울어대는
매미 소리도 들리지 않았다
안갯속 같은 바다에서
불빛이라면 오로지 자식들
들판 아지랑이 머물다 가고
빗방울 적시고 간 창가
머릿속은 텅 비어가고
아무것도 보이지 않는 허공에서
머슴으로 살았던 삶이 전부인 것을
멍한 동공에 포말을 이루는 빛
두 손 휘휘 저어 무언가 잡으려는
아버지의 간절한 안간힘

단 하나 자식의 손끝이었다

무변

여울진 가슴에 하늘도 없이
썩어져 가는 자세로
에덴에서
그리도 아름답게 열어 보았다는 열매도 없다
하나에서 하늘을 알고
하얀 이가 드러나 보이도록 좋아라
땅 사이를 허비고 파고 뜯다가는
후유
섭씨 0도에서 굳어져 버린다는 진리는
목구녁까지 삼켜 버리고
빛의 영감을 따라 무릎을 꿇고
무사히 돌아오기를 바란다는 너는
차라리 하늘의 저주라도 좋다
다만 우리들의 몸과 몸이 땅 사이에 묻히고
낙엽 같은 우수가 땅으로 기어들 때
그제야 하늘의 유혹을 안다
그러기에 하늘에 대한 노여움에 경련은
비난에 눈길로 변해 가고
우리의 염원은
뭇 영혼들의 시달림으로
말을 못 하고 여기에 남아 있는 것

느개

밤꽃 하얗게 피는 오월
외진 길 오두막집 뜰 안에
오밤중이면 반짝이는 별들이
우르르 쏟아져 온통 별밭
별 하나 손잡고 잠들자 하면
느개처럼 알게 모르게 살짝
내게로 오는 그리움 하나
맘속 회오리치는 사념
보일 듯 말듯
함초롬히 젖어드는 느개
연잎에 영롱한 이슬 구르자
슬그머니 사라져 버리는
느개 속 아련한 별빛
머뭇거리다 보내고 마는
허공

아름다운 걸음걸음으로

귀뚤귀뚤 가을 오는 발짝 소리
산마다 불꽃 쓸어내리는 바람
옷섶 찾아드는 이맘때
그대 손 잡던 날 어언 오십년
더러는 잘난 체하다가
때로는 머저리 같기도 하다가
갚아야 할 빚 갚지 못한 아쉬움
그리운 회억으로만 쌓이고
여직 사랑한단 말 못했으므로
살짝 귀엣말이라도 나누며
가을볕 한입 크게 베어 물고
꽃보다 더 고운 단풍으로
남은 길 먼저도 말고 나중도 아닌
아름다운 걸음걸음으로
곱게 물들자고요

가을은 깊어가고
남청색 푸른 허공 속으로 빠져들고 싶은
풍요로움에 비어가는 가슴 허전하다

■ 홍승애 ■

고향바라기 | 몰입 | 어머니의 초상
오천만 가슴에 흐르는 빛 | 사랑의 이중창 | 당신 품 안에 | 칠월
지금도 | 아름다운 시간 속으로 | 이야기가 있는 거리

P R O F I L E

경기 수원 출생
한국문인협회 회원, 문파문학 회원, 호수문학 회원
저서: 동인지 『숨비소리』 『메모리』 『2016년 문파대표시선 59인』 외 다수

고향바라기

아스라이 먼 기억으로 떠도는
고향 집 흙 담장 아래 피어난
흰 백합화의 은은한 향기
붉은 사루비아 황홀하게 타오르던
안개꽃 피어나는 아득하던 날,
외할머니 닮은 채송화는 도란도란 피어나고
옥수수 익어가는 밤 풀벌레 울음이
빗소리로 들려오면,
반세기를 훌쩍 넘은 석양빛
세월의 그림자만 우두커니 남아
텅 빈 마음에 바람만 분다.
고향 하늘 떠난 지 수십 년 흘러도
뒤뜰에 묻어둔 묵은 김장독처럼 생각나는,
넉넉하고 편안한
따끈한 아랫목
옹기종기 모여든 시린 발 녹이는
아른거리는 얼굴
얼굴들.

몰입 -미션

오묘한 천체의 구릉에서
무수한 비밀스러운 일이 일어나고 있다
보이는 것 아무것도 없으나
보이는 듯
수증기로 피어오르는
태초의 숨소리 들린다.
잔잔한 황금빛 수면 위
눈부신 광채의 거룩함이
환시로 아득해지는
몽환의 갈피에서
묵시의 침묵이 흐르고
잠시 여운이 흐르는
가슴 떨리는 벅찬 감동
순간 같은 시간 너무 짧아
시간 속을 빛으로 날아드는
영원의 소리.

어머니의 초상

저 맑은 빈 하늘에 가득 차오르는
잔잔한 미소의 그리운 모습
가까이 또 멀리 희미한 낮달처럼
가슴에 인장을 찍으며 서서히 사라져갑니다.

수십 년 세월에 수장된 초상의
문신처럼 배여 있는 아픔과 사랑이
무차별 화살에 상처 진 잡초처럼 무성함
이제야 알았습니다.
돌려 드릴 수 없는 사랑
가슴에 물결치는 아스라한 아픔으로 남아
점점이 크로키 된 무덤 위 파란 잔디는
위로하듯 돋아나고,
우주보다 크고 광활한 가슴에
사랑과 희생으로 경작된 이브의 사과
눈같이 녹아드는 꿀같이 단맛을,
사랑의 매로 훈련된 인내심도
당신의 가슴속 기름진 자양분에서
싹이 돋았습니다.

어머니의 넓은 가슴
자궁 속 태아의 평안함을 얻는
영혼의 쉼터.

오천만 가슴에 흐르는 빛 -무궁화

고요함이 머무는 이른 새벽
새들의 지저귐에 천 개의 귀를 여는
아롱진 무리,
연분홍 군락지 화사한 미소
함초롬 젖은 눈시울 파르르 연다.
노란 술 입에 문 잔잔한 미소
한자리에 뿌리내려 사계를 영혼에 담은
붉은 꽃물이 가슴에 흐르고
지칠수록 강해지는 민족의 얼을 받든
강한 정기가 빛난다.
순례자의 길처럼 고단한 백의종군 겨레
아픔도 함께 한 목숨의 빛깔
여린 꽃잎에 젖어드는 이슬 같은 눈물
어언 오천년이 흘러든 이 시대를 만회하며
시너지를 함께하는 화합의 꽃으로
가슴에 꽃씨 하나 심는다.

별처럼 빛나는.

사랑의 이중창 - 휘가로의 결혼 편지

저녁 바람 부드럽게 불어오는
그대 손에 이끌리어
달빛 황홀한 언덕에 나섰네.
기쁨이 넘쳐나는
별 같은 눈동자가 말해요
속삭임처럼 들려주는
달콤한 노래
달빛 은은하게 별빛 총총하게
사랑은 깊어가고
꽃보다 향기로운
그대의 입맞춤 숨이 멎을 듯하오.
콩닥거리는 가슴에 기쁨이 물결친다오
사랑은 아름다운 것
세상 모두가 내 것이라오

풀 향기 묻어나는 치맛자락 살포시 끌며
그대 곁으로
아 사랑하는 임의 곁으로.

당신 품 안에

내 안에
겹겹이 주름진 죄의 태반 위
거름처럼 쌓여가는
탐욕의 잔해들
물처럼 쏟아버린 날
새보다 자유로운 영혼의 날개를 펴다.

한 걸음으로 시작된
오늘이 쌓인 수십 년
나를 잃은 정체성 혼란으로
맥없이 지쳐가던 매너리즘
얼굴 붉히던
서로의 가시를 피하려
가슴엔 붉은 꽃물이 흘렀다
감동과 노여움의 주체할 수 없는
사춘기의 길목에서 신음하던
불면의 늪

당신 앞에 더 작아진

떨리는 속박에서
내 안에 든 병든 사슬의 고리
끊어지는 고백의 기도,
새벽 맑은 종소리처럼
통곡의 소리 되어 하늘빛에 날아들면
가만히 다가서는
신기루 같은 은유의 속삭임 들리는 듯
스르르
당신 품 안으로.
접어든다.

칠월

활짝 열린 초록 문에서
초롱초롱한 땀방울 익어간다

곰삭은 퇴비 숙성된 자양분
흠뻑 빨아들인 근육질의 젊은 청년
두 팔 벌린 가지엔
탐스러이 물오른 열매
아침이슬에 말끔히 씻은 얼굴
해처럼 웃고 있다.
마른장마 찐득대는 회색 하늘
후득 후드득 유리창 부딪치는
스타카토 경쾌한 리듬
더위에 늘어진 영혼도
가벼워지는 빗소리
청포도 탱탱한 입술 사랑으로 영글면
가지마다 총총한 함박웃음
달게 익어가는
칠월

지금도

안개 바람 피어나는 아른한 기억
짬짜미 악동들의
꽃 사이사이 숨어드는 바람의 술래잡기
시간을 엮은 꾸러미엔
별빛 총총한 깨알 같은 얘기
아득하다
눈발 난무하듯 흩어지는
푸른 솔가지 타는 냄새
골마다 피어오르고,
초가 싸리문 앞
검정고무신 깨금발 사방치기
승부욕 돋는 목청소리 드높다

지금도
꿈꾸던 터널을 지나는
물살로 흐르고,

아름다운 시간 속으로

반세기가 지난 아득한 시간 속으로
바람이 나붓거리며 잠든 영혼의 끝자락을 깨운다.
가을 단풍 붉게 물든 그리움의
백색 지면 위에 느낌표로 돌아왔던
열다섯 소녀의 가슴을 뛰게 한,
청솔가지 풋풋한 시간의 푸름 속으로
가끔은 회심의 햇살 같은 미소가 푸른 강물 위로
통통 뛰며 물방울로 떠오르는
그 길에 가보고 싶다.

시간은 세월 속으로 꼬리를 감추고
하얀 머리 눈발 날리듯
만면의 미소가 푸근히 햇살처럼 번져나는…

푸른 제복의 건강미 넘치던
대한의 육군 병장,
가을낙엽처럼 오가던 위문편지
아름다운 시간에 그림을 그려 넣은 듯
시간의 옛 그림자는 추억으로 남고,

개울물 흐르는 소리에 귀를 씻는

집배원 빨간 가방에 눈이 자꾸 간다.

이야기가 있는 거리

쑥버무리 떡 이팝나무 가로수에
찬란한 오월의 햇살이 내려앉았다
사랑스러운 신부
아름답게 눈부신 아침
폭포수 치렁거리는 물소리
손뼉 치는 함성으로
눈을 뜨는,
신록이 무성한 거리
가슴 벅찬 청춘이 출렁인다.
녹색 향기 묻어나는 흙냄새가
땅따먹기 어린 시절
유기농 차진 찰밥처럼 정겨운
고향의 그리움이다

향긋한 카푸치노 한잔 속에
몽실몽실 피어나는
소문 같은 삶의 이야기.

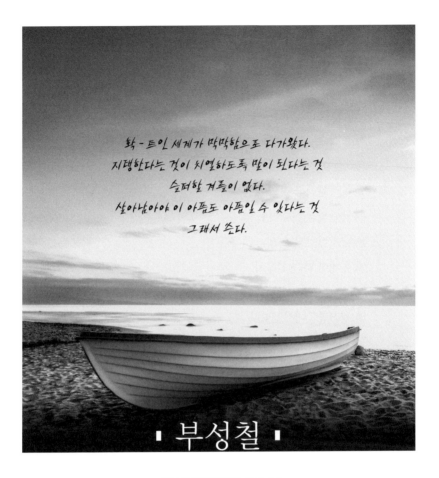

확 - 트인 세계가 막막함으로 다가왔다.
지탱한다는 것이 치열하도록 말이 된다는 것
슬퍼할 겨를이 없다.
살아남아야 이 아픔도 아픔일 수 있다는 것
그래서 쓴다.

부성철

세월 | 사랑해 | 침묵 | 눈물 이야기
안개 | 날개 | 흐름 | 오래된 장농
다시 커피를 내리며 | 지금은

P R O F I L E

제주 출생, 해동고, 한양대 졸
2002년 『문학과 의식』 신인상
문파문학, 호수문학 동인, 해바라기 동인
문협 편찬 위원

세월

딱히 갈 곳 없는 시간들이 길에 널려있다.
분주한 아침은 이제 낯설고
살아온 삶만큼 길은 많은데
두 계단씩 뛰어내리던 역 승강장
놓치면 뒤처질까 봐
밀쳐 내며 타는 전동차
숨을 고르고
몇 정거장쯤에서 내려
얼마간 걸으면
하루가 있었다.

책상을 지키고 앉아
곳곳에 걸려 오는 싸움과 말들을 정리하고 나면
세월이 있다.

저녁 어스름을 어깨에 걸치고
하루를 돌아오는 지친 골목길
이젠
자신의 전쟁은 끝이 나고

은퇴한 노병처럼

아침이면 버릇처럼 넥타이를 맨다.

사랑해

따뜻한 체온으로 숨 쉬는 바람과 바다는
살을 맞대고 살아도 잘 어울립니다.
시간과 공간 사이에는 언제나 배반할 수 있는
아름다운 이별이 곳곳에 숨어 있습니다.
눈을 감으면
아름다운 바다가 쏟아지고
아직 떠나지 못한 아이들의 영혼이 파도에 묻힙니다.
차가운 시간을 견디는 동안
모두는 안쓰러워 울지도 못합니다.
그네들이 마지막 모습이 수평선 위로 살짝 걸치고
차가운 바람이 먼 저승으로 떠나간 시간에
한껏 참았던
눈물이 마구 쏟아져 내립니다.

"아빠는 마지막 보내는 딸을 위해
손톱깍이를 찾았습니다."[*]

"나중에 말 못 할까 봐 미리 말하는데
엄마 사랑해"[*]

---

* 세월호 신문 기사 인용

068

침묵

눈을 감아야 보이는 것이 있다.
소리 없이 지나가는 9월의 바람
입이 가벼워 간신히 참는 웃음소리
돌무더기 틈새로 풀들이 피어나고
말이 없어도 자기의 세계를 만들어 가는 숲들
그리운 눈빛으로 그대를 바라보면
늘 행복한 웃음이 귀에 걸치고
왁자지껄 떠들다 돌아간 외진 시간
잠시 숨을 멈춘 채 하늘을 보다
하품이 떠다니는 호수 물가 위로
오래 간직했던 이야기를 토해 놓으면
멀리 걸어온 길들이
맨살로 내리 쐬는 햇빛을 품어
물살에 되새김한다.
말없이 바라봐도
그대가 그립습니다.

눈물 이야기

어둠이 별들을 잡아먹는 밤이었어
곁에 있던 엄마가 사라지고 문틈으로 작은 흐느낌이
들렸지
잔잔한 물결처럼 마음의 흔들림
눈을 뜨지 못한 채 눈물이 새어 나와 캄캄한 마루로 나
갔어

어떤 이유에서 잊혀졌던 이별은 속으로 숨어 숨어
눈물이 되는 일 (그렇게 어른이 되는 일)

남산이 바라보이는 낯선 상가 계단에 앉아
아무 관련 없는 이들 휩쓸고 간 도시의 한 모퉁이
지나는 이들을 헤이다.
수없이 흘리는 땀방울들이 가슴을 타고 눈으로 올라와
영롱한 불빛에 비추면
기대고 싶었던 어느 낯선 지점이 웃음을 멈추게 하지

지나간 것들은 지나간 대로 의미가 있어
치밀어 오르는 울음을 참고 이 도시를 걸어갈 것

세 번 우는 일

꼭꼭 눌러 두었다가

아주 훗날 그 제사 목놓아 펑펑 울기

안개

안개 비가 내려
발이 묶인 공항대합실엔
미처 떠나지 못한 어린 날의 잔영이 스물스물 살아났다.

어미가 돌아오지 않은 저녁
뒷란 대나무 숲에 숨어 있던 바람이
바스락거리는 소리에 잠이 깨면
그리움을 부르는 잔별들이 소리가 스며들었다.

샛강을 따라 올라온 안개가
서서히 마을을 감싸면
말들은 말을 타고 온 마을을 돌아다니고
아직도 이해할 수 없는 어른들의 세계가
아이에 눈치를 보며 쉬쉬하지만
탁 문지방에 걸려 넘어진 말들은
알지 못할 아픔으로 슬픔을 만들어 갔다.

달이 뜨기 전 언덕에
아기를 달래느라 등에 업은 조카를

부를 수 없던 자장가 대신
읊조리던 싯귀가 음률들은
그 어린 날의 유영으로 남아
계속 귓속을 맴돌다… 시가 되고

아직도 안갯속에 묻혀버린
그 옛날의 사직들은
자라는 동안
아무리 걷어도 걷어도 걷어지지 않은
안개로 남는다.

날개

파닥거리다 주저앉는다.
어둔 불빛에 눈이 쓰리고
여기저기 방울져 내리는 링거의 시간
이제 접었던 날개를 펼칠 시간이다.
겨드랑 사이로 숨결이 조여와
미세한 흐름이
지난 길들에 덧씌워지면
그제사 고통이 사라져 갔다
가만히 눈을 감은 채
접은 날개를 펴고 허공을 나는 꿈을 꾸면
소리 없이 지나가는 6월의 바람
저곳의 격납고엔
이륙을 끝낸 물체들이
즐비하게 가지런히 누워
마지막 비상을 기다리고 있다.

---

* 제주 송악산 격납고에서

흐름

바다로 가는 동안 강은 유역에 많은 것을 만든다.
부딪치고 탁류하고
강 하구에 다 닿으면 물살은 느려지고 조바심을 튼다.

사거리의 어긋난 흐름에 저 세계로 떠난 친구도
세월이 흘러 사라져 간 어긋난 사랑도
꿈이다.

흐르는 세간에 몸을 맡기면
어느새 고요가 찾아와
그리웠던 것들은 그리운 데로
강에 길을 묻고

무심히 지나가는 세월
법원리 밤하늘의 별빛
칠월 한낮의 구름
학창시절의 풋사랑
색 바랜 가족사진
외할머니의 깊은 주름살

우주에 모든 것은 흘러 흘러 간다.

오래된 장농

한동안 정리되지 않은 언어들이 있다.
한쪽 가슴에 내 두었다가
언뜻 스쳐 왔던 잊었던 일들이 들고 일어나면
어느 한켠으로 밀려 가슴을 애닯게 한다.

오래된 장농을 열자
버릴 것과 둘 것들을 헤아릴 많은 것들이
줄줄이 엮어 나오면
오래 외면했던 옷가지를 털어 내듯 떨쳐내면
으스스 일어나는 실비듬

한쪽 구석으로 미련들이 남아
어느 날 만났던 그리운 시간들이
수선스레 떠돌다가 아프게 사라진다.

다시 커피를 내리며

2호선 신천역에 내리면
길 건너 지하에 옛날식 다방이 있다.
자신의 모든 것을 감추고
공간을 지배하는 마담은
손님들이 끌고 온 세상을 셈하고 위로한다.
저기저기 손이 올라 갈 때마다
찻잔이 맴돌다 사라지면
허망의 공간은
바깥 지척으로 슬픔이 내려와 마담을 끌고 간다.

노랠 부르고 있을 병든 노모와
학교서 돌아와 빈방으로 들어서며 부를 아이의 부름 소리
빈 뜰을 지키고 있던 귀뚜라미 울음소리가
귓속에 맴돌다 사라지면

마담은
다시 화장을 고치고 커피를 뽑는다.

지금은

안식년을 겪는 중
아침 집안이 낯설고
베란다를 넘어 온 햇살에 게으름이 자란다.
저쪽 골목 끝
성주 참외 소리가 선잠 속에 맴돌다 사라지면
그제 일어나 밥 먹고
미운 사람 미워하고
사랑하고 싶음 사랑하고
아내가 웃어도 겹나고 아랫집 아저씨 웃어도 겹나고
어쩌지
이제 계속 안식년일 텐데
골목에 만재한 시간들이 자꾸 웃고 있다.

홀로 떠난 여행길
간이역에 잠시 내리면
느릿느릿 안개가 살포시 걷히고
오래 걸어온 길이
저만치 멀거니 서 있다.

바람이 시를 데려오고
작은 대합실에 앉아 시를 읽고 시를 생각한다.

무심히
그냥
언제 밥이나 한번 먹죠 인사하고

허기진 마음으로
다시 가을을 맞이합니다
가을은 곧 수확을 생각하겠지요
오늘도 꿈을 꿉니다

채재현

나쁜 가시나 | 눈물 | 꽃물 안고 | 가을 문 | 폭포
분홍구름 | 입동 1 | 슬픈 오월 | 애동지 | 우리동네 병원이야기

P R O F I L E

서산 출생
『문파문학』 시 부문 신인상 당선 등단
한국문인협회 회원, 문파문인협회 회원, 호수문학회 회원
저서: 『기쁜 날 슬픈 날 즐거운 날』 외 다수

나쁜 가시나

칠십노모 부엌에 쑤셔넣고
남들 다 하는 출산
저 혼자 한 양
따뜻한 아랫목 누워
때 맞추어 미역국 끓여온 당신께
배 안고픈데 그런다고 투정부린
시월에 피는 개나리처럼
철모르던 못된 가시나

자기가 칠십되니
도움 받아야할 노년이라고
자식들의 작은 실수에 서럽다고
이슬비 눈 언저리에 심어놓는
나쁜 가시나

고해성사
가슴을 헤집는다

눈물

어머니
마지막 기차를 타고 떠나시던 날
비가 내렸습니다
철철 흐르는 빗속에는
어머니의 마당이 섞여 있었습니다
푸성귀를 가꾸는 텃밭처럼
가녀린 몸짓으로
늘 겨울이었고 삭풍이었습니다
언젠가 언제가 봄꽃이였던 때
벤치에 떨어진 메마른 꽃비였습니다

그리움의 빗물소리
자꾸만
마음을 적시고 있습니다

꽃물 안고

당신을 사랑해
눈빛으로 전해오는 심어心語
아닐 거라는 다스림에도
호수가 자꾸 출렁거리더니
쓸데없는 마중물 되어버린
그날의 눈빛이
모시적삼 적시는 꽃물이 되어
밤을 하얗게 하얗게 끌어 안고 있다

밤
마
다

채
재
현

가을 문

말간 세수로 잠을 깬
팔월 어느 날
가을의 문이라는 절기답게
나뭇잎 팔랑팔랑 소슬하게 춤을 추더니

여린 햇살
강한 햇살에 점점 밀려나고
전국은 온통 가마솥에 펄펄 끓어
온몸은 홍수에 젖는다

아직도 먼 가을 문

폭포

단풍이 놀아야할 산에
진달래 꽃이 피었습니다
그가 건네준 작은 불쏘시개가
하나둘 불이 되어
활화산이 되었습니다

봄도 아닌데

채
재
현

분홍구름

발그레한 봉숭아꽃
살그머니 가슴을 물들이고 있다
목련이었다가
라일락이었다가
종잡을 수 없는
연분홍

언제
분홍 꽃을 보았던가
전설 같은 기억을 캐내 보며
만지작만지작 품어보는
분홍구름

소나기*가
마음을 빼앗는다

---

* 소나기: 황순원의 소년과 소녀

입동 1

염색으로 감추어진 희끗한 머리카락이
제 둥지를 찾아가는
넓은 잎새 푸르게 펄럭이는
어깨를 본다
그림자 보이지 않을 때까지
성근 낙엽 같은 마음
가슴속에 꾸겨 넣고
보름달 모습으로 손 흔드는
주름진 얼굴
가끔 갈색잎 휘감더니
오늘
온몸에 눈발이 흩날리고 있다

눈가부터 추위가 오기 시작한다

슬픈 오월

장미는 자지러지게 웃어대지만

목마른 오월
농부의 무거운 등짐 되어
퍼석거리는 들판에
노숙하고 있다

아궁이의 불꽃처럼 불타는
태양
아스팔트 위에
한여름의 가슴을
뿌려 놓고
베적삼을 적신다

몸살 중인 오월

애동지

그해 애동지*
상갓집에서 팥죽 잡숫고 오신 할아버지
어린 손주 다섯
낯선 나라로 이사보낸
가문의 슬픔
애동지에 팥죽 먹으면
어린 생명 잃는다
법이 되어버린 유훈

애동지의 괴담
세월 속에 흘러버렸다
팥죽 파는 식당
어른아이 가득한 식객들
어린것들 무탈하다

올해 애동지

―――――――――――――――
* 애동지: 음력 동짓달 열흘 안에 오는 동지

우리동네 병원 이야기

병원에 가보면 전 국민이 환자인 거 같다. 특히 대형 종합 병원 가보면 더욱 그런 마음이 든다. 병원도 부익부 빈익빈이라고 대형 병원의 넘치는 환자 쏠림에도 지방의 동네병원은 경영이 힘들다는 얘기가 종종 들린다. 그러나 병원직원들의 따뜻한 분위기는 병원을 찾은 환자들이 병을 50%는 치유된 느낌을 받는다. 그런 병원은 어려움을 극복할 수 있는 동기가 됨을 알게 된다.

우리동네도 병원이 다섯 군데이다. 요즘 동네병원은 노인들이 밥 먹여 준다는 소리 나올 정도로 물리치료 손님이 80-90%다. 그중에 65세 이상 노인이 90%는 되나 보다. 지팡이를 의지한 분 허리를 잡고 뛰뚱거리는 분 구부정한 허리로 걸음마저 힘들어하는 분 모두 노령이시다. 좁은 시골병원이다 보니 한정된 인구에 환자도 한정되어 있어 매일 그분이 그분이다.

우리동네 병원 중에 중앙외과의원이 있다. 의사 선생님은 외과 전문의이신데 물리치료도 같이 한다. 날마다 환자가 넘쳐서 아침 7시부터 번호표를 나누어 주는 분이 있다. 한 번에 11명이 물리치료를 할 수 있어 8시쯤 가면 2차 물리치료 대상이라 로비에는 노인들이 넘쳐난다. 로비에 가득 찬 환자들은 마치 이웃 마실 온 사람처럼 이런저런 이야기로 분위기가 온화하다. 더러는 농작물 매매상담도 되어 좋은 이웃으로 발전하기도 한다. 그 이유가 병원 임직원들의 편한 성품 때문인 거 같다. 매일 출근하다시피 하는 환자들은 병원의 분위기가 좋아서 그 병원을 선택한다고 이구동성이다.

로비가 그렇게 소란스러움에도 병원 직원들은 전연 싫어하는 내색이 없다. 한번은 점심시간에 미리 온 환자들의 소란스러운 대화로 점심시간의 오수를 방해받았건만 원장님은 슬그머니 문을 열고 나와 따뜻한 미소로 환자들의 면구스러움을 덮어 주었다. 간호사들도 "우리 잠 못 잤어요." 하면서 웃으니 되려 환자들이 미안할 뿐이었다.

물리치료실 실장님과 여직원의 친절은 훈풍이 잔잔하다. 실장님은 환자들이 가져온 고장 난 지팡이나 우산을 뚝딱 고쳐주어 맥가이버라는 소릴 듣는가 하면 재능이 놀랄 정도로 많다. 악기를 다루는 솜씨와 공방의 모습도 가히 수준급이다. 이런저런 농담으로 물리치료가 전연 지루하지 않게 한다. 마치 동네 사랑방 같으니 환자들은 장애 같은 자신의 몸에 대한 우울함을 잠깐이나마 잊어버리면서 오히려 엔돌핀을 가득 담아 가게 만든다.

병원은 물리적인 치료도 중요하지만 편안함과 신뢰를 느낄 수 있는 치료가 더 중요한 거 같다. 서울의 모 대학병원 신경외과 교수님은 환자들을 호칭할 때 대개의 의사 선생님들은 '환자분'이라고 하는 게 일반적이지만 그분은 꼭 '어머님, 아버님'이라고 부른다. 유명세를 타는 의사지만 마치 정다운 이웃을 만나는 것 같게 한다. 그분께 진료를 받고 나오면 마음이 푸른 하늘 같다. 나는 오늘도 중앙외과병원에서 진료와 물리치료를 받고 나오면서 파란 나무를 안고 온다.

생명이 뿌리내린 그곳에
사람이 산다.
이 세상을 사랑할 사람이…
오늘도
사랑의 삶이다

■ 조영숙 ■

함께 | 가는 길 | 한 접시의 세월 | 그리워
생명 있음에 | 가시 | 눈빛 | 여행

PROFILE

장흥 출생, 『문파문학』 시 부문 신인상 당선 등단
한국문인협회, 문파문인협회, 호수문학회 회원
저서: 공저 『잠시만 멈추고 싶다』 『기쁜 날 슬픈 날 즐거운 날』
『바람의 작은 집』 『숨비 소리』 『메모리』

함께

하늘이 열리는 시간
나 홀로인 듯
눈을 감아 보지만

아주 오래 전
사랑으로 열렸던
빛의 길
날마다 감사한 은혜
마음 부요함의 자취 흐르고

일마다
걸음마다
앞서 행하시는 손길에
가슴 따뜻한
城을 쌓아본다

가는 길

길 가의 은행나무
아픈 열매 떨어뜨린다
무심히 밟혀 물러진 얼굴
땅바닥에 수북할 때

빈 가슴의 여운 안고
통곡하고 싶게
몰려드는 그리움

가로수 잎들은
제각기 흩날리며
삶의 또 다른 모습 기약하고

세월이 간다

조영숙

한 접시의 세월

넓은 책장에 꽂혀진
그만그만한 흰 나비들
수북이 쌓인 먼지들 사이로
수십 년의 향기가
피어 오른다

달그락거리며
이파리처럼 흔들리고 스치어
지나다녔던
흔적 흔적들

널리 울려 퍼졌던 종소리
제 몸 닳아지는지
이제
무릎에서 적막감으로 오는
한 접시의 세월

그리워

바람이 흩날리는 숨결마다
깊게 빛나는 영혼의 닻

하루하루 시간에
고스란히 박혀
침묵이
눈을 감는다

별 하나씩 가슴에 안아
둥지를 튼 사랑

생명의 향기
뿌려본다.

생명 있음에

잠간의 시간
물 한 모금 입에 털어 넣고
문을 나설 때
그림자도 맨발로 뛰어나와
발목 잡는다.

조금만 쉬었다 가자
숨 한번 크게 쉬고
바다도 한가히 흐르고
강물도 잔잔히 노닐고 있으니…
간간이 들썩이던
깊고 깊은 마음의 소리

삼십 년
세월 끝에 묻혀진
기막힌 날들
반짝이는 아들 딸
제 몸빛 발해 더욱 빛나
사랑의 깊음

기쁨 충만함

꽃잎
하나하나 일어선다

조
영
숙

가시

이제는
가야 할 때
눈송이처럼 반짝거리던
지나온 시간들

맨발로
맨발로 녹아 흘러내려
낯선 초대에 지워지는

손을 내밀어
뻗혀진 가지로
하얗게
이별을 말하자

눈빛

환한 하늘
평안함 펴 놓으니
낯익은 바람 불어오고

나비들 숨소리는
날개에 붙어
따스한 꽃
가슴에 키운다

멀고 먼
그 날이 그리울 때
무지갯빛
추억이 그리울 때
반짝반짝
맑은 햇빛의 웃음소리
온 누리 퍼진다

여행

팔십팔 세의 친구 어머니
위암 말기 맞으신 후
백오십 일 동안
가족사랑 귀하게 받으시고
서둘러
하늘빛으로 떠나셨다

자식만을
자식의 자식만을 사랑하시다
짙은 국화 향기 뿜으시며
한 몸 곱게 접으신 이여

떨리는
슬픈 언덕에서
옷깃을 여민다

사랑이
영원이다

만남의 그림자 사이로
이별의 문 살짝 열리다

■ 김용희 ■

행운목 | 문 | 연인 | 아낌없이 주는 나무
안개구름 | 바람과 이슬 | 빛의 파장
신랑 | 새벽비 | 장대비

PROFILE

충남논산 출생
호수문학회, 『문파문학』 시 부문 신인상 당선 등단
현) 서울미협 용산미협 회원, 가족전 대전 현대 겔러리
저서: 공저 『소중한 오늘』『바람의 작은집』『내안 내안에서』
『숨비 소리』『메모리』

행운목

옆집 이사 가면서 버려진 행운목
물과 거름을 주고 정성 다 들여 키웠다
집안에 들여놓으니 의젓하다
가을은 문턱으로 다가오고
겨울 문 열고 들어섰다
가지와 가지 사이로 올라온 꽃대가
꽃도 아닌 것이 잎도 아닌 것이
매달려 있다
꽃 피울 준비를 한 것이다
몽실몽실 꽃송이 매달려
저녁 다섯 시면 꽃향기 은은하고
여섯 시 거실에 나갈 수 없이 진한 향기
눈송이보다 희디흰 너
아침 향기 간데없고 꽃만 아름답게 피어있구나

행운목 향기 없어지고 같이 떠난 사람

문

사람의 슬기는 눈과 같아서
백 보나 되는 먼 거리는 볼 수 있으나
자신의 눈썹은 볼 수 없듯이
현명한 사람은
일이 벌어지기 전에 미리 알고
지나간 시간이 그러하듯이
역동적인 한을 발산하는
노래가 있는가 하면 춤이 있다
어제는 지나갔기에 오늘이 있고
지금 이 순간 시냇물 흐르듯 간다
우물 속에서 하늘을 보면 손바닥 크기지만
밖으로 나오면 온 세상이 다 보이듯이
내일의 문 활짝 연다

연인

봄날 모든 꽃봉오리 벌어질 때
새들 노래하고

침묵으로 말하는
아지랑이 아른거리는 사랑
타오르는 가슴 하나로 좋았다

꽃과 나비로 서서
바라만 보아도 좋은 두 사람
천둥 번개 쳐도 함께 일어서는

그렇게 행복했다
그래 그렇게 참사랑은 변치 않는 거니까

아낌없이 주는 나무

나뭇가지 마다 씨눈 매달렸다
긴 겨울 터널 속으로

봄은 터질 듯 빨개지고
분홍 꽃 하얀 꽃잎 다투어
미풍에도 꽃잎들 떨어진다

한없이 가까운 푸른색
현란한 나무둥치 잘 어우러진 색깔들

세월의 열매 매달려
오손도손
앞서거니 뒤서거니 몸매 자랑이다
하늘이 맺어 준 인연

김용희

107

안개구름

산 정상 오르려고 몸부림
바위 모서리 난간 아슬하게 지나가고
낭떠러지 괴암 사이로
돌덩어리 낙석이 되어 우수수 무너진다

인생길 땜질하면서 살듯이
구름 사이로 뭉게구름 지나간다
땀이 비 오듯 쏟아지고
봄부터 여름까지 자란 무성한 나무 사이
소슬바람 지나가니 시원하다

산과 깊은 인연 맺고
떠나는 발걸음 가볍다

바람과 이슬

높새바람 하늬바람 친구 하잔다
벗을 삼아 긴 여행길 떠난다

노여움 대단한 회오리 바람 소리
빙 돌아오는 반환점에서 다시 만나는 너

이슬 맞지 않고 사는 세상 없다
어느 곳 하나 바람 지나가지 않는 곳 어디 있겠는가

바람이 폭풍으로 바뀌어 한데 어우러지더니
무서운 돌풍이 되어 세상 할퀴고 지나갔다

김용희

빛의 파장

빨간빛 높은 힘을 주는 너

파란빛의 편안함

노란빛 눈을 뜬다

남색 빛 바다의 아련한 추억들

보랏빛 소박한 영원한 친구 진실한 사랑이다

선명한 색깔들

빛이 뿌려져 색색의 이야기 물들이고

심신을 편안하게 하는 색

입체감 표현하는 너

광택이 있어 아름다움 과시하고

마음속 깊이 파장이 일어

작품의 완성도 깊어간다

신랑

사랑이 떠나가려 하네요
한 번도 영감이라 부르지 않았어요

애들 아빠 내 신랑
무명 두루마기 입고 장가온 신랑이 떠나가네요

삼베 두루마기 입고 영원의 세계로
아무리 정성을 들여도 안 되는 그 길

나의 신랑
등 기대고 살았던 내 신랑

김용희

새벽비

여보 비가 오네요

당신과 나의 눈물인가

소리도 조용히

부둥켜안고 숨죽여 운다

장대비

누가 흘린 눈물인가

지워진 주민등록증

없어진 전화 번호

축하 봉투에 쓸 수 없는 이름

부좃돈에 이름이 없다

호적등본에 빨강 글씨 남아있을 뿐

어느 곳에도 없는 이름

이별의 서러움 안고 떠난

그 사람

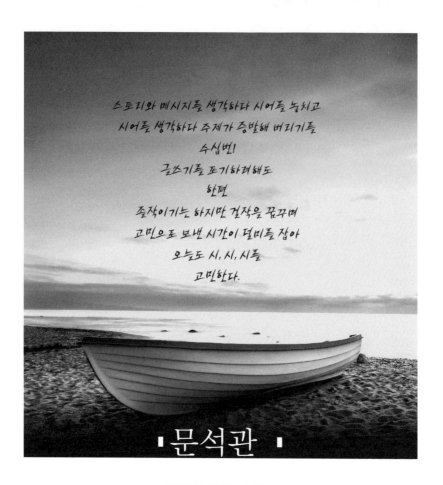

스토리와 메시지를 생각하다 시어를 놓치고
시어를 생각하다 주제가 증발해 버리기를
수십번!
글쓰기를 포기하려해도
한편
졸작이기는 하지만 걸작을 꿈꾸며
고민으로 보낸 시간이 덜미를 잡아
오늘도 시, 시, 시를
고민한다.

❙ 문석관 ❙

문 | 증강현실 | 물안개 | 죽순
노을이 질 때 | 지금 | 남은 자들

PROFILE

호수문학회 회원

문

담으로 경계를 이루고 있는 뜰을 들어서
벽으로 만든 내실과 통할 수 있는 문이 있다
침대 램프 흔들이 의자와 만난다

아침을 열고 출근하여
경계를 이루고 있는 벽에 회전문을 돌린다
책상 컴퓨터 서류들을 만난다

안과 밖을
쉼과 일을
문이 여닫는다

증강현실

유리창 밖 나무가 흔들린다
벽과 도로 간격에 금강아지풀과 며느리밑씻개가 너
울댄다
도로에 K-택시가 멈춰있다
가드레일 너머 담쟁이 덩굴이 벽 절반을 오르다
숨고르기 하는가
보는 동안만 멈춰있는가

거울이 된 유리벽 뒤에 자전거가 진열돼 있다
배로 늘어난 자전거는 따라하기만 한다

거울은 증강현실augmented reality 문을 열고 있다

---

* 증강현실(augumented reality): 실제 세계를 배경으로 가상의 정보를
덧입은 현실

물안개

빈번한 물안개의 시작은 댐 건설부터였다
물방울은 길을 메우고
논밭을 품는다

가두어진 물은 수문을 통해 도회지로 가지만
댐은 대대로 내려온 논밭과 형제를 갈랐다
동네 어귀 정자나무, 동네 사람들 서로 자기가 주인
이라 소음으로
팔려 나갔다

물안개에 산이 가린다
물안개에 새로 난 길이 한치만 보인다

죽순

오뉴월 대나무 밭
땅속 줄기 마디
눈 하나씩 붙어 있다
비가 몰고 온 순들은 땅을 비집고
자고나면 대밭이 풍성하다

대치동에 입시철 되면 한 집 건너 학원되듯
목 좋은 신도시 신축 아파트 단지 떳다방 잇듯
파고다 공원 석양 비가 내린면
곰탕집 김밥집 편의점 다투어 왕년이 소란하다

죽순 나오고 두서너 순이면 대나무된다
두서너 순이면

노을이 질 때

언덕기슭에 앉아 지는 해의 이마를 바라보며
너머 궁금증으로
허리를 잡고 노을 노 저어 간다
새소리 나뭇잎소리 심장소리 물들고
빛과 어둠이 어울어지는 경계에서 피라미
물 밖으로 뛰어 세상 호흡한다
옷깃에 밤을 동반한 바람이 스멀스멀,
숲은 성큼 어둠으로 자리를 옮기고
그곳 정령과 함께 가슴이 일렁인다
동화 같은 노을이 부스스 눈을 뜨고 동무한다
빛은 연분홍으로 채색돼 파이널 커튼을 통과하고
손에 쥔 것 놓아버려도 손바닥에 찌꺼기가 헛간에
걸린 연장처럼 붙어있다

잠은 노을을 맞으려 동녘으로 몸을 누인다
해를 품고 낮이 바다 건너 하늘을 거닐 때
나무도 건물도 길도 하루를 이루고
노을은 또 어둠을 보듬다
어둠을 물들이며 아침을 연다

지금

모의 수능시험 보는날
가을 논둑길을 걸었다

담임선생님의 치켜 뜬 시선에 몸을 움츠린다

메뚜기가 사방으로 뛴다

바지가랑이에 벼가 지난밤에 외우던 알곡을 비벼댄다

한 톨은 어디서 왔나
암기에서 오지는 않았다
시간이 부어진다
땀냄새가 진해진다

수성싸인펜이 먹물을 하늘에 찍었다
바람이 흩뜨리어 번진다

벌판 끝
강이 있고 산이 있다

너머에 벌판이 또 있다 바다도

지금
빛바랜 사진첩을 펼친다

남은 자들

40분 동안 염을 했다
육십 개의 나이테를 알콜로 닦고
옷을 갈아 입히고 입술을 빨갛게
바라보는 곳 침묵은 머리를 풀고
볼을 타는 물방울이 그것을 적셨다

40분
염하는 공간과 바라보는 공간의 거리가 있어
다리가 후들거렸다
조카딸 하나가 쓰러졌다
응급실로 옮겼다
애비를 잘못 지명하여
조카딸의 작은 아버지가 호출돼 나갔다

언니 잘 가세요
고생만 하다가 가시네요
그곳에서는 편하게 쉬세요
오빠 걱정은 하지 마시고

처음으로 두려움 반 설레임 반으로
가을 소풍을 나왔다.

공숙희

길 | 장미 | 아버지의 눈물 | 퍼즐 | 추억
추상秋想 | 코스모스 | 사랑은 그렇게 가더이다
호수 공원 | 꽃잎

PROFILE

전남 장성 출생
호수문학회 회원

길

길은 언제나 그곳으로 놓여 있지만
우리는 언제나 다른 길로 떠난다.

크로아티아 탑승권을 받아 쥔 소녀처럼
카키색 차림의 순례자의 모습으로

이정표는 언제나 그곳에 서 있지만
우리는 날마다 다른 길로 돌아서 간다.

익숙한 江邊北路의 이정표에도
우리는 초행길처럼 가다가
그러나 유-턴을 하곤 한다.

굽이굽이 가는 길마다 사연을 뿌려 놓고
우린 언제쯤 거두어 가려나

길은 언제나 그곳으로 놓여 있지만
우리는 날마다 걸어온 다른 길을 본다.

굽은 꽃 길을 보고
아스라이 건너온 강 줄기를 본다.

장미

삭풍의 추운 겨울
온갖 추위 견뎌내며
안개비 쏟아지는
봄을 보내고

짙푸른 바늘 가시
곱디고운 빛깔, 향기
어디에 숨겼다가 뽐내는가

황홀한 눈빛과 미소로 다가와
이내 말없이 향기에 취한다.

너는 나의 사랑
너는 나의 연인

공
숙
희

아버지의 눈물

모든 아우성을 잠 재우고
용광로보다 뜨거움을 누르며

격전지에서 보내는
최후의 電文

보석보다 더 영롱한 진실을 감추고
언제나 무언으로 화해의 손짓을 한다.

땅거미 지면
이 세상 모든 아버지들은

이끼 낀 마당을 지나
싸리문을 밀고 나가
새떼 날아간 빈 들에 선다.

훠 이~
훠 이~

산새는 안다
아무도 본 적이 없음을
아무도 들은 적이 없음을

퍼즐

어둠에 가려 알지 못했다
우리가 꿈꾸었던 길이 아니었음을

넘어지고 깨어지고
돌고 돌아 돌이키기엔
너무 멀리 와 버렸다는 것을

밟을 곳도 머무를 수도
더 이상 오를 수도 없는
추락할 것만 같은
불완전한 신념.

다시 눈을 닫는다
멈춰 헤매고 있는 순간을…
보일 듯 보이지 않는 순간을…
무책임한 탄식들이여…

그러나
오늘도 나의 퍼즐은
계속 멈추지 않는다.
그날을 기다리면서.

추억

흘러가버린 기쁨이여
곧 무너질 것만 그리워했다.
이제 해가 지고
기억은 흐려졌으니
멀리 떠나 보낸 이별들이여
공중엔 희고 둥그런 자국만
선명하다

어디선가 굶주린 구름들은 몰려오고
시냇물은 숨죽여 속삭이건만
회상에 상상을 포개고 접어
바람에게 전해본다

그대 향한 그리움과
애틋함 실어 하늘에 띄워보지만
그래도….
눈을 감아도 보인다

공숙희

추상 秋想

창 밖으로 가을이 영글고
허기진 그리움으로
날밤을 지새운다.

세월의 상처
보이지 않는 그리움

육신의 키만 훌쩍 자라버린
몸뚱이가 고목이 되고

두려움과 그리움으로 떨고 있을 때
인생은
"다 그런거야" 라던 편지

내 마음 작아
그 크신 사랑 가늠 할 수 없지만
님의 사랑
눈이 부셔 꼬옥 잠 재운다.

많고 많은 사연
익고 익혀 삭혔다가
그 님 만나 못다한
얘기 보따리 풀어본다.

코스모스

재 넘어 부잣집 잔치에
초대 받지 못했어도
다소곳이 미소 짓는 소녀들처럼

가을들녘에 피어나는 코스모스여
한 줄기 바람에도 온몸으로 하늘거린다.

머~언 산 자락
지난 여름 머물던 검은 구름 사라지니
창공에 새털구름 드리우고

따스한 가을 햇살에
오는 겨울을 모르는구나

땅거미 지고
차가운 가을밤은 海抵 二萬里
어두움 속에서도 한낮의 수다들로
두려움이 없구나

어둠이 물러가고
눈부신 아침 햇살이 이슬 머금은 뺨 위에
영롱히 반짝이면

해마다 오는 가을은
너희들 잔치이다.

사랑은 그렇게 가더이다

사랑은 꽃잎처럼 피어 다가오더니
갈 때는 낙조를 드리우고
그렇게
후딱 가더이다.

사랑은 입 맞춤 없이
미련과 상처만 남기고
그렇게
후딱 가더이다.

사랑은
기쁨과 그리움만 남기고
그렇게
후딱 가더이다.

호수 공원

메타세콰이어 길로
5월은 흐르고
호수공원은 下午의 기도를 한다.

새들이 물 제비를 뜨고
내가 걷는 메타세콰이어 길엔
조약돌처럼 반짝이는
추억이 있다.

걷는 길, 머리 위로
구름이 달아나고
가지들은 창공으로 폭포수를 뿜어낸다.

이윽고
석양이 긴 그림자를 드리우면
호수에는 나의 요정들이
밤을 맞을 준비를 하겠지.

5월의 호수공원엔
나의 메타세콰이어 길이 있다.

꽃잎

너희들 떨어질 꽃잎들은
바람 불지 않기를 간구하지 마라.

바람은 너와 나를 구별하지 않으니

불면 날아가고
아니면 너의 무게로 떨어지리라.

그리고 이따금
고개를 들어 우주를 보라.

한참 달려가 뒤돌아보면
창백한 푸른 점
네가 살아가는 지구이다.

희노애락 부귀영화란
다 부질없는 조각보
한 여름밤의 유성이요
폭포수 밑의 물거품이라.

너희들 떨어질 꽃잎들은
바람 불지 않기를 간구하지 마라.

바람은 너와 나를 구별하지 않으니

불면 날아가고
아니면 너의 무게로 떨어지리라.

이 가을에
시와 수필을 접하면서
새로운 삶의 한편에
도전해 본다

언젠가 가보았던 듯
낯설지 않은 이 느낌

제인 허

어느 젊은 목사님 | 삶의 여정 | 편안한 사랑
구월의 어느 날 | 잡을 수 없음에 | 가을 그리고 설렘
멋진 그 녀석 | 일상에서 일생으로 |

PROFILE

서울 출생
호수문학회 회원

어느 젊은 목사님

장난꾸러기
어린아이처럼
웃는 모습은 언제나
해맑았다

젊은 열정은 한 걸음
성큼 앞서간다
목숨이라도 걸은 듯

온몸의 마디 마디를
다 쏟아 토해내는
한 마디 한 마디

그의 눈 속엔
그렁그렁
은혜와 감동의 물결로
피 흘린 믿음을 다 전하기도 전에
이미 붉게 젖어들고 있다

삶의 여정

한 발짝 한 발짝
코스모스가 산들거리며
눈웃음친다
아련히 두고 온 추억 속에
이야기들이 윙 윙 귓가에
속삭인다

못다 한 안타까움의 흔들림
가슴앓이 냉가슴에 참아내기 힘들어
반항하던 소리 없는 눈물
넓고도 좋은 길이 있었는데
왜 그리 좁고도 힘든 어려운
길을 걸었을까

볼 수만 있다면
알 수만 있다면
흐드러진 꽃길을
곱게 뻗은 자작나무 숲을
낙엽 밟히는 낭만의 길을

고집하며 걸었을 텐데

찬란하게 떠오르는 태양의 길도
황홀한 저녁노을의 길도
더 이상 잡을 수 없어
소박하고 편안한 가슴으로
익숙한 향수가 아른거리는
수양버들 늘어진 한적한
오솔길을 걷고 있다
한 발짝 한 발짝

편안한 사랑

파란 잔디를 걷는다
바람이 살랑인다

오랜만에 느끼는 이 상큼한 바람결
잔잔한 행복함에 젖어들고 있는데

뒤따라오던 그가 말한다
행복하지?

씨익 웃음이 난다
어떻게 알았는데
내가 행복한걸

음 -
행복한 냄새가 솔솔
바람 타고 오는데

아 그러네
누가 눈빛만 봐도 안다고 했던가

강산도 여러 번 바뀌고
같이한 세월이 얼마인데

그래서인가
마주 보지 않아도

등 뒤에서도
냄새를 맡다니

가을 그리고 겨울이 지나고
우린 또 얼마나 변해있을까

구월의 어느 날

우리 또 만나요
헤어지기가 아쉬운 듯
환한 미소로 두 손을
꼬옥 잡으며 건네는 말
당신은 바라만 보아도 좋은 사람이에요

난 걸음을 멈추고 그녀를 바라본다
이런 아름다운 말이
빌딩 숲 사이를 굽이굽이 헤집고 돌아서
따뜻하고 포근한 바램의 희망으로
살포시 와 안기다니

나 잘살아왔나 보다
알 수 없는 행복함에 가슴이 뭉클해온다
때때로 예고 없이 찾아오는 이런
신선한 즐거움 있기에

용기와 희망이 머무는
신기루가 되어 다시 태어난다

무거운 갑옷 따위는 벗어 던져버리고
가볍고 부드러운 실크 옷으로 바꾸어 입는다

잡을 수 없음에

가슴이 저리도록 보고 싶다는
그 한마디의 목소리가

뜨거운 전율로 온몸을 휘감고
만날 수 없는 시간의 공간 속에서
극복해내야 하는 절박한
순간순간들

그토록 그리울 줄 몰랐으리
사랑한다 보고 싶다 했어도
이리 커다란 애달픔으로
올 줄도 몰랐으리

수많은 아픔의 시간을 지나서야
보고팠던 모습을 눈에 넣을 수 있음에
아무 말 못 하고 벙어리 냉가슴만

그럼에도 우린 행복했다

만날 수 있음에
함께할 수 있음에
사랑할 수 있음에

가을 그리고 설렘

얼마나 기다리고 그리던 가을인가
이 가을이 오면 설레는 가슴 붙잡고
어디론가 가야만 할 것 같다

어디에선가 나를 기다리고 있을 것 같은
지울 수 없는 수줍은 예감
알싸한 바람이 하프를 타듯이
내 머리카락을 튕기며 지나간다
오케스트라 연주가 바람 타고
아름답게 울려 퍼지면

참을 수 없어 오색 드레스 화사하게 차려입고
넘실넘실 눈부신 왈츠를 추며
온 산을 수놓는 단풍 아가씨들
눈이 시리도록 아름답다

바라보는 눈빛 속에 영상처럼 스치는
기억의 그림자 하나 하나
빛바랜 추억이 그리운 어제와

오늘을 기다리는 설렘이 있어
즐겁지 아니할까

바스락거리며 밟히는 낙엽의 황홀한 속삭임에
벅찬 가슴 애타게 중얼거린다

사랑하고 싶다
사랑하고 싶다
　　사랑하고…

멋진 그 녀석

천둥 같은 커다란 무게로 호되게 얻어맞고서 하얗게 온밤을 세워도 그래도 두 눈엔 여지없이 눈물이 고인다. 생각하고 또 생각하여도 서럽고 서럽다. 이제껏 나 혼자서 자식 사랑에 자만하고 있었나 보다. 그래도 우리 아들만큼은 든든한 나의 믿음이라 자신했었는데 이럴 수가! 지금도 뉴욕의 그 저녁을 생각하면 겨울바람처럼 시리다.

한참 거래처와 일을 하고 있던 중에 아들이 "엄마 나 먼저 갈게요". 하고 나갔다. 일하던 도중이어서 별 신경을 못 쓰다가 일을 다 끝내고야 나서 아들을 찾으니 없다. 정말 가버렸단 말인가! 눈앞이 캄캄했다. 그 당시 뉴욕 밤거리는 험하고 무서웠기에 일이 온종일 걸려서 고등학생이었던 그 녀석은 아마도 많이 힘들었었나 보다. 그래도 그렇지 이 험한 뉴욕 거리에 야속하게 나를 두고 혼자 가버리다니.

호텔로 돌아온 난 펑펑 울기 시작했다. 영문을 모르는 아들은 당황해하면서 왜 그러냐고 다그치며 묻는다. "나를 두고 왜 혼자 가버렸냐"고 물었다. 그 녀석 대답이 "엄마가 일하는데 내가 별 도움되는 일이 없는 것 같아서 왔다."고 말하면서 무엇이 잘못된 건지 영문을 모르겠다는 그 녀석 말에 난 더욱더 서럽게 울었다.

순간 사람들이 했던 말들이 스치고 지나간다. 자식은 다 소용없어 품 안에 있을 때뿐이지. 그렇구나! 이제 나도 자식에 대한 정을 떼고 마음의 정리를 할 때가 온 거구나. 그날을 그렇게 서럽게 보내고 나는 마음속에 고이 품고 있던 자식에 대한 사랑 믿음 바람 정 이런 것들 모두 끄집어 내어 돛단배에 태워 멀리 떠나 보냈다. 쓰리고 아픈 가슴을 애써 달래면서 그때 알았나 보다 자식에 대한 정 떼기의 아픔이 그 어느 것보다도 힘들고 크다는 것을 그때는 왜 그토록 온 세상을 다 잃은 것 같았을까?

철없는 아이가 한 행동이 더 철없는 엄마를 서럽게 울렸던 기억이다. 친구들이 그 사건을 알고 키득키득 웃었다. "별일도 아닌 일에 실망하고 그러네. 이제 앞으로 더 많은 아픈 일들을 겪을 텐데." 내가 너무 예민했었던 것인가. 그래도 난 참 많이 슬펐었다. 첫경험 이었기에… .

돌이켜 생각해보면 슬며시 나도 웃음이 나는 건 세월의 탓인가 보다. 오랫동안 떨어져 살면서 기억이 희미해져 있을 즈음 열일곱 번의 봄과 가을을 보낸 어느 날 보상이라도 하듯 아름다운 아침 햇살이 무엇인가 열심히 닦고 있는 그 녀석을 비추고 있었다.

그 순간 난 굳어버렸고 모든 시간도 멈추어 버렸다. 이보다 더 행복할 순 없다고 영원히. 그 녀석은 그 햇살을 받으며 먼지 묻은 나의 구두를 닦고 있었다. 로스엔젤러스로 가는 비행기를 타기 위해 공항으로 서둘러 떠나야 할 시간인데 편안하고 따스한 모습으로 내 구두를 닦고 있다. 순간 난 너무나 부끄러웠다.

왜 몰랐을까, 그 녀석은 예전에도 지금도 언제나 늘 변함없이 날 사랑하고 있었는데. 바보같이 나 혼자서 괜스레 슬프고 아픈 방황을 하고 있었나 보다. 이제 또 다른 세상이 내일 온다 하더라도 그 녀석을 향한 나의 진실한 믿음은 흔들림이 없을 거라는 자신과 돈독하게 쌓여진 사랑의 믿음 위에 어느덧 우린 예쁜 진달래 빛으로 물들어 있었다.

사랑한다 아들아.

일상에서 일생으로

우리가 살아가는 데 있어서 참으로 많은 놀라운 일들이 일어나며 때론 믿기 힘든 사실들도 많은 것 같다. 일상생활 속의 습관들은 그것이 옳건 그르든 간에 현실에 길들여지는 것 같다. 매일 불행하다고 세뇌가 되면 불행에서 헤어나 올 수 없고, 행복하다고 세뇌가 되면 불행이 와도 그것이 행복의 과정이라 받아들여지고 원만하고 지혜롭게 보내게 되는 것 같다.

세 살 버릇이 여든까지 간다고 하지 않던가, 어떤 사람은 매 맞고 살았기에 평생을 때리고 살고, 어떤 사람은 거짓말이 습관화되어 늘 거짓말을 하고 살기도 한다. 정리정돈을 잘하는 사람은 정돈이 안 되면 견디기 힘들어하기도 한다.

매일 지나치는 그 길옆에는 논밭이 있고 그곳에는 어김없이 한 할머니가 있었다. 뙤약볕이 뜨겁게 내리쬐는 날에도, 가랑비가 쉬임없이 내려도, 한결같이 쭈그리고 앉아서 늘 김을 매거나 채소를 심고, 때로는 땅바닥에 털석 주저앉아서 호미로 땅을 파기도 한다. 팔십을 넘긴 연세에 그리 힘든 일을 하시는 게 못내 안타까웠었다. 그런데 놀랍게도 그녀는 백억이 넘는 갑부라니, 그녀가 할 수 있고 아는 것은 오직 아침에 눈 뜨면 일어나 밭으로 가고 해가 지면 수레를 끌고

집으로 가서 자고 아침이면 다시 밭에 가는 그 일상이 습관화되고 세뇌되어 하루의 일과가 되고 있다. 그녀에게 있어서 돈은 쌓아둔다는 외에 별다른 의미는 없는 것 같다.

개개인 각자 살아가는 삶의 질과 방식이 다르고 느끼는 행복과 만족감이 다르기에 그 어느 것도 명확한 정답을 찾기 어려운 것 같다 하지만 갇혀진 그런 변화 없는 일상에서도 내면의 문을 박차고 용감하게 뛰쳐나올 때만이 비로소 보지 못하고 경험할 수 없었던 또 다른 놀라운 세계에 동참할 수 있는 것 같다. 할 수 있음과 할 수 없는 기로에서 우린 늘 고민하고 힘들어하며 살고 있는 게 아닐까?

잔상

잔상

호수문학회